Warum streiten wir?

Über den Autor.

Karol Pokorny wurde 1954 in Bratislava/Slowakei geboren. 1968 flüchtete er mit seiner Familie über Österreich nach Deutschland. Das Ende des Zweiten Weltkrieges hatte den Menschen in den Gebieten, die von der Sowjetunion befreit wurden, nicht wirklich Freiheit gebracht. So wie viele junge Menschen, die in der Fremde aufwachsen, versucht Karol Pokorny sich zurechtzufinden. Dass das nicht immer ganz einfach ist, musste er am eigenen Leib erfahren. Doch hat er nicht aufgegeben. Und endlich sah es so aus, als gäbe es eine Zukunft. Heute ist er zufrieden. Er hat eine neue Heimat und neue Freunde gefunden.

Illustriert von Sibylle Ramona Osusky, geboren 1984 in Winterthur, Schweiz. Sie studierte, Psychologie an der Universität Basel und illustriert nebenbei Bücher, dazwischen einige Kinderbücher.

Karol Pokorny

Warum streiten wir?

Muss es sein?

Bibliografische Information der Deutschen Nationalbibliothek
Die Deutsche Nationalbibliothek verzeichnet diese Publikation in
der Deutschen Nationalbibliografie; detaillierte bibliografische Daten
sind im Internet über http://dnb.d-nb.de abrufbar.

© 2007 Karol Pokorny
Satz, Umschlagdesign, Herstellung und Verlag:
Books on Demand GmbH, Norderstedt
ISBN 978-3-8334-6563-5

Inhalt

Das Vorwort

Man soll friedlich miteinander auskommen, aber die Leute tun es nicht, weil sie immer wieder streiten müssen. Man will es nicht wahrhaben, aber es gibt sehr viele Ursachen, die zu einem Streit führen können. Den ein oder anderen Grund werde ich jetzt aufzählen:

1. die Eifersucht
2. die Aufmerksamkeit, die jemand auf sich ziehen möchte
3. in einer Gruppe oder Partei an die Macht zu wollen
4. eine schwierige und streitsüchtige Persönlichkeit zu sein
5. einsam zu sein und wieder lernen zu müssen, mit anderen auszukommen
6. zu viel Alkohol
7. nicht von sich überzeugt zu sein und daher anderen mehr glauben
8. sich von anderen provozieren zu lassen
9. unter allen Umständen bei seinem Chef einen guten Eindruck hinterlassen zu wollen

Dies sind einige Punkte, die zu einem Streit führen können. Ich werde alle Punkte behandeln und mich mit einigen Streitereien beschäftigen. In der Vergangenheit habe ich selber schon viel Streit gehabt und konnte dadurch einige Erfahrungen sammeln. Wenn ich heute zurückblicke, würde ich wohl ganz anders handeln, als ich es damals getan habe. Nur ist es leider meistens so, dass man später alles besser weiß als zu dem Zeitpunkt, zu dem es sich abgespielt hat. Das ist immer so.

1. Kapitel

Der Kinderkrach in der Familie

Als Peter noch klein war, so circa fünf oder zehn Jahre, ist er immer in den Ferien auf eine Hütte in die Natur gefahren. Dort war es sehr schön. In der hügeligen Landschaft mit viel Wald gab es viel Obst, wie etwa Walderdbeeren, Heidelbeeren, Himbeeren und Brombeeren, und auch zahlreiche Pilze. Einige wohlhabende Leute hatten dort ihr Wochenendhaus. An diesem Ort Ferien zu machen war sehr schön. In der Hütte hat sich Peter mit seiner Schwester Sandra wohl gefühlt. Doch eines Tages ist etwas passiert. Keiner hat damals gedacht, dass dies der Anfang eines großen Streits zwischen Peter und Sandra werden sollte.

Einmal ist Peter mit seinem Freund und Sandra mit ihrer Freundin in den Wald zum Spielen gegangen. Dort haben alle, wie es sich gehört, miteinander gespielt. Auf einmal hat Sandra mit der Freundin Streit bekommen und beide sind davongelaufen. Peter konnte da nicht mithalten und sein Freund hat ihn deshalb auf den Rücken genommen. So sind die Jungen den Mädchen nachgelaufen, konnten sie aber nicht einholen.

Da waren es noch Kindereien. Nur leider haben die Streitigkeiten später nicht nachgelassen. Peter ist immer schwieriger geworden, und je älter er wurde, umso mehr Streit hatte er.

Sandra war im Gegensatz zu Peter kameradschaftlicher, hatte überall ihre Freunde und war sehr beliebt. Außer mit Peter hatte sie mit niemandem Streit. Auch mit den Nachbarn, mit denen Peter ständig stritt, ist sie gut ausgekommen. Nur die Eltern haben dafür gesorgt, dass die Geschwister sich immer wieder versöhnt haben, obwohl es manchmal nicht so leicht war.

Typisch für Sandra war: Sie hat Peter geraten, auf den Kinderspielplatz zu gehen. Er ist jedoch nie gegangen und hat lieber alleine gespielt, weil er die Einsamkeit gesucht hat. Da hat er sich auch besser gefühlt. Sandra hat immer nur geredet, so wie heute manchmal, aber überhaupt nichts getan. Die Einsamkeit, in der Peter früher gern war, hat dazu geführt, dass er es später in seinem Leben wegen seiner Streitigkeiten immer schwieriger gehabt hat.

Sandra hatte es im Gegensatz zu Peter wesentlich leichter. Sie hat auch mehr Freunde als Peter gehabt.

Die schlaue Sandra

Sandra hat schon früh gelernt, wie sie es anzustellen hat, damit sie bei den Eltern das erreicht, was sie eigentlich erreichen wollte. Zum Beispiel wollte sie nach Kroatien in Urlaub fahren, um sich dort mit ihrer großen Liebe zu treffen. Sie kam auf die Superidee, einfach den armen Bruder Peter mitzunehmen. Das hat sie auch getan. Diese Reise kann Peter sein ganzes Leben nicht vergessen. Es sind zwei Zimmer gebucht worden, aber durch einen Buchungsfehler haben beide nur ein Zimmer bekommen. Die an der Rezeption sagten wortwörtlich: »Wir haben ein Ehepaar erwartet.« Erst nach ein paar Tagen haben Peter und Sandra jeweils ein eigenes Zimmer bekommen.

Nachdem alles endlich in Ordnung war, ist Sandras Freund Ivan eingetroffen. Ivan hat alle Tage mit Sandra Programm gehabt und Peter musste sich um sich alleine kümmern. Das hat er auch getan. Zum Glück war sein Onkel da, mit dem er einiges unternommen hat. Eines Tages ist ein schrecklicher Autounfall passiert. Ein Lastwagen ist von einer Bergstraße abgekommen, einen Berg hinuntergefahren und dann über einen mit Menschen besetzten

Strand im Wasser einer Bucht zum Stehen gekommen. Einige Leute sind dabei überfahren und schwer verletzt worden und mussten in ein Krankenhaus gebracht werden. Das war für Peter natürlich ein Schock. An manchen Tagen wollte er nicht zum Strand gehen. Wenn er dann doch da war, hat er natürlich große Angst gehabt. Was war mit Sandra los? Sie hat sich mit ihrem Ivan einen schönen Tag gemacht und nur zufällig etwas mitbekommen, weil sie eine Frau getroffen hat, die unheimlich geweint hat. Natürlich war sie überrascht, als Peter ihr vom Unfall erzählte. Am Tag der Abreise hat Sandra am Flughafen in Split einige Getränke bestellt. Der Tag war sehr schön sonnig und warm. Als aber Sandra zahlen wollte, sagte plötzlich ein Nachbar, der Kroate war, dass sie nichts zahlen müsse, weil er es für uns bezahlen werde. Dann sagte er noch, er mache es deshalb, damit wir Kroatien nicht vergessen und in schöner Erinnerung behalten würden. Peter erinnerte sich jedoch wieder an den großen Autounfall am Strand, wo er immer zum Baden hingegangen ist. Nun war es so weit. Die Zeit zum Einsteigen ins Flugzeug war gekommen. Der Flug dauerte eine Stunde und einige Minuten und schon war man zu Hause in München. Der Urlaub war damit vorbei.

Peters Streit mit dem Nachbarn

Peter hatte einen Nachbarn, mit dem er immer stritt. Sandra, seine Schwester, hat fleißig bei dem Streit mitgemacht, aber dem Nachbarn die Stange gehalten. Das hat Peter etwas gestört. Einmal stand der Nachbar an seinem Fenster und redete mit einem anderen Nachbarn. Peter hat ein Glas Wasser genommen und aus seinem Fenster geschüttet und dabei natürlich den Nachbarn getroffen. Der Nachbar hat die beleidigte Leberwurst gespielt und lange Zeit nicht mit Peter gesprochen. Die Eltern mussten die beiden versöhnen. Des Weiteren ist es oft so gewesen, wenn der Nachbar, den Peter besuchte, und auch Sandra da waren, dass Peter nicht mitreden durfte. Er musste zuhören, wie der Nachbarn und seine Schwester ihre Gespräche führten.

So sind einige Jahre vergangen und zwischen Peter und dem zwischenzeitlich ehemaligen Nachbarn hat sich überhaupt nichts verändert, eher verschlechtert. Nach langen Jahren hat Peter seinen früheren Nachbarn getroffen. Freundschaft ist nicht entstanden. Eher ist die Beziehung schlechter geworden. Peter hat den Nachbarn nach dem Treffen oft angerufen, nur hat dies dem Nachbarn nicht gepasst. Anstatt es Peter direkt zu sagen, hat er sich bei der Mutter von Peter beschwert. Das hat Peter überhaupt nicht gefallen und er hat trotzdem weiter angerufen, weil er eine persönliche Aussprache mit dem Nachbarn haben wollte. Das ist dann eines Tages auch geschehen. Jetzt hat sich aber Peter für immer mit dem Nachbarn verkracht.

Der Nachbar ist in der Slowakei ein hohes Tier. Er hat einen Job, den die Leute dort gerne hätten. Er muss auf die Presse aufpassen, weil es Leute gibt, die darauf warten, dass er eines Tages seinen Job verliert. Der Nachbar gibt auch von Zeit zu Zeit Interviews für irgendwelche Zeitungen. Er gehört zu der jetzigen Oberschicht in der Slowakei. Dass Peter nur ein kleiner Angestellter im einfachen Dienst bei der Stadt ist, scheint ihm zu stinken. Einmal hat der Nachbar Peter wortwörtlich gesagt:»Ich empfehle dir, nicht zurück in die Slowakei zu kommen, es ist nicht leicht, bei uns zu leben.« Peter wollte aber nie ganz zurückgehen, höchstens einmal im Jahr zu Besuch kommen. Immer wenn Peter aus der Slowakei zurückkommt, hat er jedes Mal für ein paar

Jahre von seiner früheren Heimat genug. Sandra muss im Gegensatz zu Peter zweimal im Jahr in die Slowakei fahren. Das kann Peter bei seiner Schwester nicht verstehen.

Sandra und Peter geraten ständig aneinander

Sandra und Peter vertragen sich wie Katz und Maus. Peter ist eher ein sparsamer Typ. Sandra ist jemand, der mit Geld nicht umgehen kann. Sandra hat immer gewusst, dass Peter sein Geld nicht so gerne ausgibt. Deshalb hat sie sich öfter bei ihm Geld ausgeliehen. Nur einmal hatte Peter genug davon und hat den Geldhahn zugedreht. Dies hat Sandra natürlich nicht gefallen und es der Mutter und auch der Tante erzählt, die gerade da war. Als Peter erklären wollte, um was es geht, ist eine Diskussion entstanden, ob Peter im Recht ist oder nicht. Er hat dann Recht bekommen und Sandra ist ganz schön sauer gewesen im Gegensatz zu Peter. Der hat sich unheimlich gefreut.

Peter wollte seinen Schulabschluss in der Abendschule nachholen. Darum hat er beschlossen, die mittlere Reife nachzuholen, um in seiner Arbeit einen Aufstieg machen zu können. Das hat er auch gemacht. Er hat tatsächlich die Abendrealschule besucht. Die erste Klasse hat er wie in der Tagesschule gemacht. In der zweiten hat er Probleme bekommen, sodass er ein paar Mal abspringen und wieder anfangen musste. Schließlich hat Peter irgendwann die zweite Klasse bestanden. Nur in der dritten ist er so schlimm untergegangen, dass er beschloss aufzuhören. Peter hat nämlich gemerkt, dass er es nicht schafft und es nur seine Nerven kaputt macht. Er hörte auf, obwohl es die letzte Klasse war, in der am Ende eine Abschlussprüfung anstand. Sandra hat Peter anfangs noch geholfen, aber später hat sie zu verstehen gegeben, dass sie nicht begeistert von Peters Schulbesuch sei. Weiter meinte sie eifersüchtig, dass Peter, wenn er die Schule beendete, eine Riesenkarriere machen und reicher sein würde als sie selber und dass ihr das stinken würde.

Peter hat einmal einen Fernsehauftritt bei PRO 7 bei der

Show von Arabella Kiesbauer bekommen. Er hatte dort einen kurzen Auftritt. Peter wurde von vielen Bekannten im TV gesehen. Für den Auftritt hat er dann von seiner Schwester Sandra einen Anschiss bekommen. Es gefiel ihr nicht, dass sie erst von ihren Freunden erfahren musste, dass Peter im TV aufgetreten war, und sie wollte nicht, dass sich so etwas künftig wiederholt.

Wir haben erfahren, dass Peter sehr sparsam ist. Er hat immer für seine Urlaubsreisen das Geld zusammengespart. Sandra hat es geärgert, weil Peter Reisen gemacht hat, die sie sich nicht leisten konnte. Einmal hat sie behauptet: »Die Reisen sind nur für die Leute, die sich so etwas leisten können, und zwar von ihrem eigenen Gehalt. Einer, der für eine Reise sparen muss, hat dort nichts zu suchen, weil jeder gleich merkt, dass er kein Geld hat.« Sie war der Meinung, dass Reisen in ein fremdes Land auf eigene Faust besser ist, als den Urlaub in einem Luxushotel zu verbringen. Da sieht man angeblich nicht viel, wenn man bei einer organisierten Reise mitmacht. Peters Onkel hat ab und zu auch Reisen gemacht, nur allerdings auf eigene Faust, so wie Sandra es auch macht. Auch er war nicht begeistert, dass Peter Reisen über ein Reisebüro buchte, mit Übernachtungen in einem Hotel. Aus diesem Grunde hat Sandra zu Peter gesagt, der Onkel würde so etwas nie machen und dass er bestimmt über Peter nicht begeistert sein werde, wenn er dies erfahre. Peter hat es nicht gestört, was Sandra erzählt hat. Er hat so weitergemacht und sehr viel von der Welt gesehen. Viele können von solchen Reisen nur träumen und darauf ist Peter stolz.

2. Kapitel

Schlechte Internatserlebnisse

Als Peter nach Deutschland gekommen ist, musste er nach Neu-Ulm in eine Internatsschule, um Deutsch zu lernen. In der Nacht, bevor er ins Internat ging, hat er sich Gedanken darüber gemacht, wie er wohl aufgenommen würde. Er ging mit einer großen Angst dorthin. Natürlich hat es gleich jeder bemerkt und das hat einen schlechten Eindruck gemacht. Der erste Abend hat gleich mit einer Streiterei angefangen. Als Peter schlafen gehen wollte, störte ihn ein Fremder im Zimmer. Dieser wollte Peter ohne Grund hinauswerfen. Der Fremde war der Bruder eines Zimmergenossen. Er sagte, er könne sich gar nicht vorstellen, warum der Neue überhaupt so frech sei und ob er hier noch einen Bruder habe. Dann ist er aber doch, ohne noch etwas zu sagen, weggegangen. Am nächsten Tag hat er Peter gefragt, warum dieser ihn gestern Abend aus dem Zimmer hinausgeworfen habe. Peter hat ihm darauf geantwortet: »Ich wollte ins Bett gehen, und da du in meinem Zimmer warst, wollte ich mich nicht umziehen.« Schließlich hat der andere gesagt: »Das hättest du mir doch gleich sagen können.«

So sind ein paar Tage vergangen und die Jungen haben ein Turnier in Tischfußball gemacht. Überraschend hat Peter alle Spiele ohne größere Schwierigkeiten gewonnen und den ersten Platz erreicht. Ein paar Wochen später hat Peter angefangen, sich zu langweilen. Aus diesem Grund hat er politisiert. Das hat ihm aber kein Glück gebracht. Peter wollte mit dem Kopf durch die Wand. Auch als ein Freund ihm gesagt hat, er sollte das Politisieren lieber lassen, hat es ihm nichts ausgemacht. Der andere hat ihn gefragt, wie er darauf reagieren würde, wenn er hören würde, dass ein Politiker, der so redet, überraschend ermordet worden sei. Als der andere aber gesehen hat, dass Peter keine Angst bekam, sagte er: »Mein Gott.« Sogar als Peter das sagte, wurde er nicht ernst genommen. Als er aber feststellte, dass er nicht ernst genommen wird, ist er traurig geworden. Darum ist er später immer ganz allein ausgegangen. Peter wusste sogar, dass in der Nachbarschaft ein Mädcheninternat ist. Trotzdem ist er nicht mit einem Mädchen aus dem Mädchenheim gegangen. Eines Tages haben Peters Freunde gesagt, falls er mit uns nicht befreundet sein wolle, solle er wenigstens eine Freundin haben. Ein Freund hat ihm sogar seine Freundin vorgestellt, aber Peter hat dieses Angebot nicht angenommen. Später haben die Jungs es mit einer neuen Methode versucht, für Peter eine Freundin zu finden. Das hat aber auch nicht geklappt, weil Peter sich versteckte, als er es erfahren hat. Zuerst dachten alle, Peter würde abhauen, aber er ist geblieben und alle waren ganz überrascht. Einmal, als im Internatskino ein Film gezeigt wurde, ist es Peter schlecht geworden. So wurde Peter von zwei Jungs in die Mitte genommen,und sie haben angefangen, ihn zu ärgern. Die zwei haben ihn so geärgert, dass er während der ganzen Vorstellung geschrien hat. Am nächsten Tag musste er deswegen zum Erzieher ins Büro gehen. Dort wurde er wegen des Vorfalls im Internatskino befragt. Natürlich hat er alles gesagt. Als er zurückgekommen ist, wurde er von dem Jungen überrascht, der ihn gestern im Internatskino nicht in Ruhe lassen wollte. Der Junge hat ihn neugierig gefragt, was er im Büro erzählt habe. So lange hat er Peter nicht in Ruhe gelassen, bis er alles, was Peter gesagt hat, erfahren hat. So sind wieder ein paar Tage vergangen und Peter ist erneut in ein neues Unglück gestürzt. Schon wieder hat er sich mit seinen Freunden gestritten. Diesmal wegen eines Mädchens. Die Jungs wollten nämlich aus Spaß Peter zwingen, mit einem Mädchen befreundet zu sein. Natürlich wollte das Peter verhindern und deshalb sagte er: »Das schafft ihr nicht!« Aber die Jungs haben trotzdem gesagt: »Morgen wirst du eine neue Freundin haben, ob du willst oder nicht!« So haben sie für die Zehn Uhr Pause am nächsten Tag einen Plan gemacht. Peter hat natürlich auch einen Plan gemacht, wie er am besten davonlaufen könnte. Am nächsten Tag war es so weit. Peter hat zur Brotzeit einen Apfel bekommen. Mit dem Apfel ist er sofort dort hingegangen, wo er von niemand gefunden werden konnte. Er wollte sich im Gebüsch an der Donau verstecken, aber musste zuerst seinen Apfel essen. Aus diesem Grunde ist er spazieren gegangen. Leider geschah es, wie er so hin und her spazierte, dass er von den Jungs überrascht wurde. Die waren gleich sechs gegen einen. Auch wenn die Jungs so viele waren, hat sich Peter verteidigt. Einen hat er sogar mit seinem rechten Fuß in die Pfeife gestoßen. Die Pfeife wäre ihm beinahe aus dem Mund gefallen. Dann hat der Junge geschimpft und seine Pfeife anschließend gerichtet. So haben die Jungs Peter an einen bestimmten Ort gebracht. Ein paar weitere Jungs haben auf Peter aufgepasst, damit er nicht weglaufen konnte.

In der Zwischenzeit sind die anderen zu dem Mädchen gegangen. Nach kurzer Wartezeit kamen die Jungs mit dem Mädchen zurück und haben Peter dann auf das Mädchen geworfen. Als das geschehen war, hat Peter einen Schock bekommen. Nach ein paar Minuten ist er in sein Versteck gelaufen und anschließend ein bisschen spazieren gegangen. Als er so spazieren ging, hat er auf einmal wieder die Jungs gesehen. Dann dachte er sich, die wollten schon wieder etwas von ihm. So hat er sich entschlossen abzuhauen. Er wusste zuerst nicht, in welche Richtung er gehen sollte. Während er so dahingegangen ist, dachte er sich, er könnte einfach in Richtung München gehen. Unterwegs versuchte er ein Auto anzuhalten, um nach München fahren zu können. Nach ein paar Kilometern ist er in einem Vorort von Neu-Ulm gelandet. Als er diesen Ort hinter sich gelassen hatte, blieb er auf der Straße stehen. Daraufhin hat er versucht, ein Auto zum Anhalten zu bewegen. Das hat aber leider nicht geklappt. Mit der Polizei hätte er kaum nach München fahren können. Sie hätte ihn wahrscheinlich nicht mitgenommen. Aus Angst hat er sich im Gebüsch vor der Polizei versteckt.

Als er dann wieder im Hof der Internatschule eintraf, war er ganz schockiert, als er sah, dass alle schon gegessen und auf ihn gewartet haben. Im Speisesaal hat er sich an einen Tisch gesetzt und das Essen gegessen, das für ihn übrig gelassen worden war. Nach dem Essen musste er zum Erzieher ins Büro gehen. Im Büro wurde er ausgefragt.

Auf die Frage, wo er gewesen sei, sagte er: »Ich war auf der Straße.«

Und auf die Frage, warum er weggelaufen sei, antwortete er: »Weil die anderen mich nicht in Ruhe gelassen haben.«

Darauf sagte der Erzieher: »Die anderen haben zu mir gesagt, dass sie mit dir Spaß gemacht hätten.« Dann hat der Erzieher gemeint: »Du bekommst einen Monat Hausarrest. Zufrieden?«

Peter erwiderte: »Ja.«

»Dein Glück, dass du zufrieden bist«, sagte der Erzieher. »Wenn du nicht zufrieden sein solltest, wirst du rausgeworfen, und wenn das noch einmal passiert, fliegst du.«

So ist er dann in sein Zimmer hinaufgegangen. Im Zimmer haben seine Freunde auf ihn gewartet. Zuerst haben sie Peter gefragt, was für eine Strafe er denn bekommen hätte. Peter sagte statt einem Monat Hausarrest einen Monat Zimmerarrest. Die anderen haben das geglaubt. Es haben sich aber auch noch ein paar andere Sachen in dem Internat ereignet, die Peter erst später eingefallen sind, nachdem er die Geschichte in seinem Buch veröffentlicht hat. Zum Beispiel: Einmal wollten die Jungs von Peter Sachen erfahren, die er niemandem erzählt hatte. Einer hat eines Tages sein Springmesser an Peters Hals gehalten und ihn ausgefragt. Peter hat keine Angst gezeigt und sie waren überrascht, weil sie damit nicht gerechnet hatten. Ein Kollege in dem Internat hat sogar einmal seine eigene Pistole präsentiert. Peter hat aber herausbekommen, dass es nur eine Gaspistole war. Wenn man so etwas nicht weiß, kann man schon Angst bekommen, weil eine Gaspistole fast genauso aussieht wie eine normale.

3. Kapitel

Vertrauensbruch

Wenn man zu viel redet und seinen Mund nicht richtig halten kann, ist man nicht gut dran, seine Freundschaften aufrechtzuerhalten. So etwas hat schon die Vergangenheit bewiesen, dass es immer wieder nicht nur zu einem Freundschaftsbruch, sondern auch zu einem Streit zwischen zwei Personen führt. Wenn man zum Beispiel mit einer Freundin eine Vertrauensbasis aufbauen möchte, muss man auch seinen Mund halten können. Peter hat schon erlebt, dass er sich mit einer Freundin sehr gut verstanden hat. Er hat ihr auch versprochen, dass er seinen Mund halten könne und niemandem etwas erzählen werde. Eine Zeit lang ist auch alles gut gegangen. Peter hat sogar seinen Mund halten können. Bis er eines Tages mit seiner Freundin angefangen hat zu streiten. Die zwei waren sich nämlich in der Politik nicht einig gewesen. Sie war eine SPD-Anhängerin und Peter ein CSU-Anhänger. Oft ist es schon zwischen den beiden wegen der Politik zu einem Streit gekommen. Einmal hat Peter seine Freundin etwas hart rangenommen, sodass sie gemeint hat: »Brauchst nur sagen, dass die SPD eine kommunistische Partei ist.« Peter hat ab dem Zeitpunkt seinen Mund nicht halten können. Hat seinen Landsleuten von ihr erzählt. Als die zwei sich wieder einmal trafen, fingen sie sofort wieder zu streiten an. Bei diesem Streit hat Peter seiner Freundin auch erzählt, dass er die ganzen Sachen seinen Freunden erzählt hätte. Dann hat die Freundin gemeint: »Pass mal auf, dann werde ich einiges über dich erzählen.« So ist es dann auch später gewesen. Sie hat einige Storys ihrer Mutter erzählt. Was macht die Mutter darauf:

Sie ruft Peter an und versucht ihn richtig zusammenzu-scheißen. Das ist aber nicht ganz so gelungen, weil Peter schon gewusst hat, worum es geht, als sie ihn sprechen wollte. Peter hat wieder einmal Glück gehabt, obwohl er seinen Mund nicht halten konnte. Es ist genauso gewesen wie damals in der Internatsschule bei dem Erzieher, als er zurückgekommen war. Natürlich hat Peter aus der Geschichte seine Konsequenzen gezogen. Einen Fehler in seinem Leben macht man meistens nur einmal und nicht zweimal.

4. Kapitel

Der Linienstreit bei der Ackermanngemeinde

Peter ist, obwohl kein Sudetendeutscher, bei einer sudetendeutschen Organisation eingetreten, die Ackermanngemeinde heißt. Die Organisation war die erste überhaupt, die für die Verbrüderung mit den Tschechen gesorgt hat. Da kann man nur sagen:»Alle Achtung!«, und die Organisation loben.

Peter ist in jungen Jahren bei der Organisation eingetreten und am Anfang hat es ihm dort gut gefallen. Bei der Ackermanngemeinde hat er mit seinen Gedichten eine Karriere begonnen. Der Start war gut, aber lange hat sich Peter nicht oben halten können. Später hat er angefangen, politisch von der Slowakei zu berichten, und zwar in der Zeit, als es erste Anzeichen gab, dass die Politiker die Slowakei von der Tschechei trennen wollten. Er hat sich auf die Seite der selbstständigen Slowakei geschlagen. Dieser Schritt hat den Sudetendeutschen bei der Ackermanngemeinde nicht gefallen und Peter wurde ziemlich stark kritisiert. Einmal ist ein tschechischer Referent gekommen, um einen Vortrag über die Situation in der damaligen Tschechoslowakei zu halten. Er hat mitgeteilt, dass er an einem Buch arbeite, das er später herausgeben wolle. Peter hat dem Referenten unangenehme Fragen gestellt, sodass dieser fragte, wer das gesagt habe, was Peter hier behaupte. Peter hat geantwortet, ein bekannter österreichischer Journalist mit Namen Lendwai. Man hat direkt gesehen, dass es dem Referenten und denen, die ihn eingeladen hatten, nicht gefallen hat.

Einmal hat Peter einen Artikel geschrieben, mit dem er bei der Organisation für große Unruhe gesorgt hat. Der

Chef der Ackermanngemeinde hat gemeint, dass Peter den slowakischen Politiker Vladimir Meciar falsch zitiert habe. Der Streit um den Artikel war so groß, dass in einer neuen Nummer der Vereinszeitung ein Kommentar zu diesen Vorfällen veröffentlicht wurde. Nachdem das Ganze zu Ende war, hat Peter eine Bekannte angerufen, mit der er wegen der Vorfälle ein Telefonstreitgespräch hatte. Peter hat nichts sagen können, weil sie einen Monolog am Telefon führte. Sie hat ihn beschimpft und gemeint, dass er nicht auf Vereinslinie sei und dass er alles unterlassen und vor allem nichts machen solle. Das hat Peter natürlich nicht gefallen und er hat erst richtig weitergemacht. Bis er eines Tages genug hatte und beschloss, bei der Ackermanngemeinde auszutreten. Bei seinem Austritt hat er manche führenden Leute angegriffen und später auch mit dem Boss der Organisation gesprochen. Der Boss war natürlich nicht sehr begeistert und meinte, dass, was Peter mache, Kleinkriege seien, die er nicht unterstützen wolle. Einmal hat Peter auch eine Sekretärin ganz schön zusammengeputzt. Sie war der Meinung, dass Peter hier die Verständigung zwischen den Nationen störe. Peter hat ein bisschen Pech gehabt. Da wo es ihm am Anfang gut gefallen hat, hatte er es so weit gebracht, bis Peter indirekt dazu gezwungen wurde auszutreten. So hat er dort seine Karriere beendet und nur noch mit einer Person einen schwachen Kontakt gehalten, der früher oder später auch beendet sein wird.

5. Kapitel

Streit wegen zu viel Alkohol

Meist wenn man alleine ist, kommt man auf die Idee, etwas zu machen, damit man sich die Zeit vertreiben kann. Anstatt etwas Unalkoholisches zu trinken, ist es selbstverständlich, dass man nach Alkohol greift. Man beginnt zum Beispiel eine Flasche Wein oder eine Flasche Schnaps zu trinken. Jeder, der trinkt, ist in der Lage, eine andere Reaktion zu zeigen. Der eine telefoniert viel, der andere wird aggressiv, der Dritte benutzt Alkohol, um schlafen zu können, weil er sonst keine Ruhe finden kann. Meistens ist es mit dem Besoffensein so. Man hat beschlossen, ein Glas nach dem anderen zu trinken. Man erzählt oder macht etwas so lange, bis man langsam selber nicht weiß, ist es ein Traum oder Wirklichkeit. So eine Lage ist für den einen oder anderen schon zum Schicksal geworden. Der eine hat zum Beispiel in so einer Situation eine Frau geschwängert, der andere eine Schlägerei angezettelt, der Dritte ein Streitgespräch mit einem anderen Gast in einer Wirtschaft begonnen.

Peters Angewohnheit war zu telefonieren. Später, nach mehreren Telefongesprächen oder während der Gespräche, ist es einfach zu einem Streit gekommen. Oft deshalb, weil Peter nicht wusste, was er erzählt hatte; oder jemand rief einen Tag später an und Peter war überrascht, dass der Telefonpartner dann sagte, sie hätten doch gestern erst miteinander gesprochen. Manchmal ist es gut, wenn man besoffen ist und von der eigenen Schwester einen Anschiss bekommt und sie es nicht merkt, dass ihr Bruder besoffen ist. So ist es manchmal gut, wenn die eigene Schwester eine Hexe ist.

Einmal hat Peters Schwester gesagt, sie hätte gehört, dass Peter in eine gewisse Bierstube gehe. Angeblich ist er von jemandem besoffen gesehen worden. Weiter hat sie Peter vorgeworfen, zu Hause auch zu trinken, was er wiederum bestritten hat, obwohl er es ab und zu da macht. Seitdem die Schwester es wusste, hat sie beschlossen, einige Schritte zu unternehmen. Peter hat einen guten Bekannten in der Schweiz, mit dem er in telefonischem Kontakt steht. Durch eine Bekannte hat er erfahren, dass sie mit Peters Bekanntem gesprochen hat. Vorher wollte sie von dem Bekannten nichts wissen. Es hat sogar eine Zeit gegeben, wo sie ihm aus dem Weg gegangen ist. Jetzt, wo der Vater pflegebedürftig und nur körperlich, aber nicht psychisch fit ist, jetzt, weil es ihr auch um die große Erbschaft geht, ist sie richtig geldgeil geworden und sie möchte Aufmerksamkeit auf sich lenken. Das ist der Grund, warum sie auf einmal den guten Bekannten in der Schweiz angerufen hat. Dem hat sie alles über ihren Bruder Peter erzählt. Sie erzählte ihm über ihre Sorgen, die sie sich über ihn mache, weil sie an das Geld von Peter heranmöchte. Ihr Ziel ist es, so wie sie es beim Vater gemacht hat, auch mit dem Peter zu machen und ihn zu entmündigen, damit er so wie der Vater mit seinem Geld nichts mehr machen kann. Natürlich ist der gute Bekannte so naiv, dass er genauso wie Peters Schwester über Peter erzählt. Er ist sogar der Meinung gewesen, dass es mit Peter so weitergehe und seine Schwester Sandra ihn entmündigen werde. Nur der gute Bekannte hat vergessen, dass es in Deutschland nicht so einfach ist, Peter zu entmündigen, weil die Gesetze in Deutschland nicht so sind wie die in der Slowakei oder Schweiz. In Deutschland haben die Behinderten viel bessere Gesetze als zum Beispiel in der Slowakei. Peter muss nur aufpassen und weniger trinken. Er darf ihr keine Trümpfe in die Hand geben. Nur so kann er die Pläne seiner Schwester Sandra verhindern.

Peter hat bei einer Firma einen Zeitvertrag bekommen. Dort hat er einen russischen Kollegen bekommen, mit dem es schwer war, ohne Streit auszukommen. Einmal ist es Peter passiert, dass er kurz vor Feierabend von seinem russischen Kollegen einige Dosen Bier geschenkt bekommen hat. Peters Sitte war immer, vormittags auf der Arbeit ein bisschen Bier zu trinken. Er hat es immer gehasst, kurz vor Feierabend einen Auftrag zu bekommen oder wenn ein Kollege ihn aufgehalten hat. So ist es jetzt gewesen. Der russische Kollege hat Peter einige Dosen Bier auf den Tisch gestellt. Nur leider waren es sehr alte Dosen und bei manchen das Verfallsdatum schon fast überschritten. Peter hat die Nerven verloren und angefangen, dem russischen Kollegen die Bierdosen entgegenzuwerfen. Vorsicht! Nicht zu werfen, um ihn zu treffen, sondern um ihm Angst zu machen. Nur eine Bierdose ist bei einem Wurf aufgegangen. Dann hat sie angefangen zu spritzen. Der russische Kollege hat die Hose voll abbekommen und ist sofort zum Personalrat hochgegangen. Beim Personalrat hat er gesagt, Peter habe ihn mit den Bierdosen beworfen und er habe fliehen müssen. Hilfe. Dann ist er mit dem Personalrat ins Büro hinunter zu Peter gegangen. Ihm ist nichts anderes übrig geblieben, als zwischen Peter und dem russischen Kollegen zu schlichten. Nach einem längeren Gespräch ist es ihm gelungen, die zwei Parteien zu beruhigen. Als alles dann vorbei war, haben sich Peter und der russische Kollege versöhnt. Nach der Versöhnung hat der russische Kollege gesagt:»Der Personalrat hat etwas übersehen. Am Arbeitsplatz darf man nämlich keinen Alkohol trinken.«

6. Kapitel

Der Streit um die Erbschaft mit der Verwandtschaft in Kanada

Peter hat einige Verwandte auch in Kanada. Der Verwandte ist etwas früher nach Kanada ausgewandert als Peter mit seiner Mutter und Schwester. Nur der Vater war als Erster von der ganzen Familie in Deutschland. Wie es halt so ist, wenn es um die Erbschaft geht, entstehen oft große Probleme. Wie in unserem Fall auch.

Der Großvater hat das ganze Geld in wertvolle Ölgemälde investiert, weil er sich gedacht hat, dass das Geld irgendwann mal keinen Wert mehr haben wird. Deshalb hat er damals die Bilder gekauft. Recht hat er gehabt, weil die österreichisch-ungarische Monarchie gibt es nicht mehr. Das alles ist heute nur Geschichte. Auf dem Gebiet der heutigen Slowakei hat schon öfter die Geldwährung gewechselt. Jetzt wird es sogar in nächster Zeit in der Slowakei den Euro geben.

Nachdem der Großvater gestorben war, sind die Bilder unter den erbberechtigten Kindern aufgeteilt worden. Es hat immer geheißen, die Bilder gehörten Peters Vater. Nur ist eines passiert: Die Mutter der Verwandten in Kanada ist in der Slowakei gestorben. Sie hat in der Slowakei niemandem erzählt, wem die Bilder gehören. So ist es passiert, dass die Bilder eingepackt und per Post nach Kanada geschickt worden sind. In Kanada sind die Bilder tatsächlich angekommen. Alle in Kanada haben sich gewundert, dass die Bilder so unmöglich, in ein großes Paket verpackt, angekommen sind. Der Verwandte ist von der Arbeit nach Hause gekommen und seine Frau erzählte ihm: »Du, da ist etwas für dich gekommen.« Er schaute hinaus und tatsächlich stand auf der Straße vor der Haustür ein Riesenpaket. Die Leute sind spazieren gegangen und das Paket hat niemanden interessiert. Als er es dann in seine Wohnung nahm und auspackte, hat er sich gewundert. Das waren wertvolle Bilder, die zu Hause an den Wänden in der Wohnung der Eltern an der Wand gehangen hatten. Er hat sich nur gefragt, wie kann man so blöd sein und so etwas verschicken. Wenn jemand auf der Straße herausgefunden hätte, was in dem Paket drin war, hätte er bestimmt die Bilder einfach genommen, auch wenn sie ihm nicht gehörten.

Peter hat wegen der Bilder in Kanada mit den Verwandten Telefonkontakt aufgenommen. Zuerst hat der Verwandte behauptet, die Bilder gehörten Peters Schwester Sandra und die sollte die Bilder auch bekommen. Am Telefon hat er jedes Mal behauptet, die Bilder werde er Sandra per Post schicken. Nur den gleichen Unsinn hat er immer erzählt, wenn Peter angerufen hat. Aber immer sei etwas dazwischengekommen. Einmal sagte er sogar, dass Sandra sich sicherlich denken könne, dass er die Bilder nicht schicken wolle, aber er könne nichts dafür, weil immer wieder etwas dazwischenkomme.

Auf einmal hat Peter seinen Verwandten mit der Nachricht überrascht, dass er eine Reise nach Kanada gebucht hat und sich gern mit ihm treffen würde, um dann die Bilder für seine Schwester Sandra mit nach München zu nehmen. Da hat dieser gemeint, dass es nicht infrage komme, weil die Kontrollen am Zoll so streng seien, dass Peter damit Schwierigkeiten haben würde, und das wolle er verhindern. Am Silvesterabend hat Peter seinen Verwandten wieder angerufen und ihm auch gesagt, dass es überhaupt nicht stimmen würde, was er da erzählt habe. Er hat Peter gefragt, woher er wisse, dass es mit dem Zoll nicht so schlimm sei. Weiter hat Peter gesagt, dass er sich überhaupt keine Sorgen zu machen bräuchte, da er die Bilder für seine Schwester Sandra nach München mitnehmen möchte. Daraufhin hat der Verwandte wütend geantwortet:»Du wirst die Bilder nicht bekommen, die Bilder werden Sandras Kinder bekommen!« Und er schimpfte und meinte, dass er frech sei und ihn in Ruhe lassen solle. Auch hat er Peter gefragt, ob er wirklich nach Kanada kommen wolle und wie viel es koste. Peter hat wiederum gesagt, das gehe ihn überhaupt nichts an, und er sagte:»Nur einige tausend Euro.« Daraufhin hat der Verwandte in Kanada gesagt:»Tausend Euro sind 600 US-Dollar.« Daraufhin hat Peter den Telefonhörer aufgelegt. Sich selber hat er gefragt, warum manche Leute die Zeit verschlafen und so einen Blödsinn behaupten. Die Zeiten haben sich geändert, jetzt haben wir Euro und nicht die gute alte Mark. Den Kurs hat es zur Zeit der Mark gegeben. Jetzt haben wir Euro und der Kurs ist ganz anders geworden. Darüber hinaus hält es Peter für eine Unverschämtheit, dass der Verwandte in Kanada ihm nicht glauben möchte, dass er tatsächlich nach Kanada kommt.

Peter hat seinem Cousin einen Brief in die Slowakei geschrieben. Dem hat er die ganze Neuigkeit mitgeteilt. Daraufhin hat Peter von seinem Cousin nach ein paar Tagen auch tatsächlich eine Antwort erhalten. Er war der Meinung, dass der Verwandte in Kanada die Bilder nicht herausgeben wolle. Wenn Peter in Kanada sei, solle er es lieber vermeiden, sich mit dem Verwandten zu treffen, und sich lieber einen schönen Tag in Calgary machen.

Peter wird in Calgary nur ein paar Stunden Zeit haben, weil er eine große Kanada-Rundreise von der West- zur Ostküste und nach Vancouver macht. Er ist ganze drei Wochen unterwegs und wird jeden Tag in einer anderen Stadt sein. Das heißt, dass er die bekanntesten Sehenswürdigkeiten von Kanada sehen wird. In Calgary wird er am

Abend ankommen. Am kommenden Tag vormittags kann er die Stadt besichtigen, weil es am Nachmittag schon nach Deutschland zurückgeht, und zwar nach München. Wenn der Verwandte in Kanada wirklich kommen sollte, dann wird er mit ihm höchstens eine oder zwei Stunden reden können. Nun, Peter wird es jetzt so machen: Er wartet seine Kanadareise ab und wird sehen, ob der Verwandte kommt und die Bilder, um die es geht, mitbringt oder nicht.

7. Kapitel

Peters Streit bei der Faschingsgesellschaft und in der Theatergruppe

Peter ist eines Tages in die Faschingsgesellschaft eingetreten. Gleich am Anfang hat er einen ehrenamtlichen Job als Fotograf und Videofilmer erhalten. Nur hat das leider mit dem Filmen nicht so ganz hingehauen. Er durfte es nur eine Saison lang machen. Beim zweiten Mal ist er nicht in das Fotovideoteam gewählt worden. Zu dem Zeitpunkt hat er sein erstes Buch herausgebracht. Natürlich hat er auch ein paar Freiexemplare bekommen, damit er überall damit Reklame machen konnte. Das hat er dann auch bei der Faschingsgesellschaft inoffiziell gemacht, weil das Buch mit Fasching nichts zu tun gehabt hat. Er wollte aber auch, dass das Buch auch offiziell in der Vereinszeitung der Gesellschaft angeboten wird. Die zuständige Person, die die Vereinszeitung gemacht hat, wollte es jedoch nicht in der Zeitung haben. Das war Peters erste Enttäuschung bei der Gesellschaft. Die Frau war nicht nur für die Vereinszeitung, sondern auch für die Veranstaltungen zuständig. Zuerst hat Peter versucht, mit seinen Gedichten bei dem Verein Fuß zu fassen, und hat ihr diese angeboten. Die Frau hat zuerst gemeint, so etwas könne man zum Beispiel bei der Weihnachtsfeier vortragen, aber in Wirklichkeit wollte sie es nicht. Als Peter eines Tages mit ihr wegen seiner Gedichte gesprochen hat, meinte sie: »Peter, Ihre Gedichte interessieren uns nicht.«

Eines Tages hat die Faschingsgesellschaft eine Radikönigswahl durchgeführt. Peter hat auch kandidiert und ist gleich Radikönig geworden, und eine Nachbarin, die nichts mehr machen wollte, wurde Radikönigin. Sie hat gemeint, die

Rache, die würde kommen. Die Rache ist auch gekommen. Sie hat eine Fernsehsendung, in der die Leute verschaukelt werden, wegen der Radikönigswahl angeschrieben und als Rache wollte sie jetzt den Chef der Faschingsgesellschaft auf den Arm nehmen. Das ist ihr auch gelungen. Sie hat es tatsächlich geschafft, den Chef ins Fernsehen zu bringen. Dort ist er wegen der Radikönigswahl ganz schön verschaukelt worden. Leider haben alle die Sendung im Fernsehen gesehen. Die haben dann auch gelacht, als es bei der Jahreshauptversammlung erwähnt worden ist.

Peter hat sich mit der Dame bei der Faschingsgesellschaft, die für die Vereinszeitung und auch das Schreiben von Programmen für die Veranstaltungen zuständig war, ganz schön verkracht. Sogar so stark, dass, als in der Vereinszeitung allen 50-Jährigen gratuliert wurde, Peter einfach vergessen worden ist. Als er es gesehen hat, ist er ganz schön sauer gewesen. Er hat den Vorstand der Gesellschaft angerufen und es erzählt. Die haben gemeint, die hätten es vergessen. So, und Peter hat sich gedacht, jetzt werde ich vergessen, dass ich Mitglied bin. So hat Peter beschlossen, bei der Faschingsgesellschaft auszutreten.

Nachdem Peter bei der Faschingsgesellschaft ausgetreten war, ist er bei einer Theatergruppe in Giesing eingetreten. Zweimal stand er mit der Truppe auf der Bühne. Nur hat das Peter schon gereicht. Er hat der Truppe Probleme gemacht. Nach jeder Theaterprobe hat er geschaut, dass er als Erster abhaut. Die anderen wollten hinterher quatschen oder noch eine Zigarette rauchen. Das haben die auch gemacht. Nur Peter wollte nicht. Er hat immer nach den Proben geschaut, wie er am schnellsten nach Hause kommt. Das ist das, was die anderen gestört hat. Peter hat auch nicht gern die Bühne auf- oder abgebaut. Das hat sich dann später herausgestellt, als Peter eines Tages wirklich mithelfen musste. Peter ist auch ins Gesicht gesagt worden, dass es so nicht gehe und er mithelfen müsse. Soweit es ging, hat er auch geholfen, aber es ist zu sehen gewesen, dass er es nicht ganz so gern machte, wie es sich die anderen vorstellten. So ist es eines Tages zur Sprache gekommen, dass er sich immer wieder von den Aufgaben, die es gibt, zurückziehe, damit er nichts machen müsse. Theater hat er gut gespielt, das musste man ihm lassen. Er hat die anderen damit überrascht, dass er ein paarmal bei seinen Auftritten sogar Applaus erhalten hat. Es sind ungewöhnlich viele Auftritte für eine Theatergruppe gewesen. Peter hat es trotzdem geschafft, in einigen Vorstellungen Applaus zu erhalten. Die Truppe hat sogar noch eine Sondervorstellung in München in der Kulturfabrik bekommen. Es ist Peter auch gedroht worden, dass, wenn er nicht wolle, die Sondervorstellung auch ohne ihn über die Bühne gehen könne. Als Peter selber den Beschluss gefasst hat, nicht mehr mitzumachen, und dann bekannt gegeben hat, sind die anderen ganz überrascht gewesen, weil sie damit nicht gerechnet hatten. Jetzt muss Peter nur noch beweisen, dass er wirklich die Zeit für seine Sachen braucht und dann später auch gewisse Ergebnisse bringen kann, das ist natürlich klar. Peter macht jetzt alles, damit er seine Ziele erreichen kann.

8. Kapitel

Die Eifersucht

Die Eifersucht ist eine schlimme Angelegenheit. Peter hat damit schon genug Erfahrungen gemacht. Sogar einen Freund aus der Kinderzeit hat es ihn gekostet. Er ist aber der Meinung, dass, wenn jemand eifersüchtig ist, es auch kein richtiger Freund ist.

Als er sich nach einigen Jahren mit dem Freund getroffen hat, ist die Freude groß gewesen. Es ist ein paarmal zu einem Treffen gekommen. Da haben sich aber schon langsam die ersten Spannungen gezeigt. Peters Freund hat nicht gefallen, wenn er sich gut mit seiner Frau unterhalten hat. Seine Meinung war, wenn ich mich mit Peters Schwester gut verstehe, werde ich mich mit Peter auch gut verstehen. Ein paar Jahre später hat sich Peter in seiner Heimatstadt Bratislava wieder mit dem Paar getroffen. Er ist bei ihnen zum Essen eingeladen worden. Es ist ein schöner Abend gewesen. Am kommenden Tag ist Peter in die Stadt gegangen. Auf einmal hat er, ohne etwas zu ahnen, die Frau seines Freundes getroffen. Er war ganz überrascht, weil er natürlich mit der Frau nicht gerechnet hatte. Später ist auch Peters Freund dazugekommen. Er war auch überrascht, als er Peter mit seiner Frau sah. Er war der Meinung, dass sich Peter mit seiner Frau heimlich verabredet hätte. Darum hat er gleich gesagt: »Da schau mal einer an, ihr habt euch verabredet.« Peter sagte: »Nein!« Das war aber jetzt schon egal, weil der Freund deshalb seine Meinung nicht änderte.

So ist wieder Zeit vergangen und Peter hat oft bei seinem Freund angerufen. Als der Freund nicht zu Hause war, hat er sich halt mit der Frau seines Freundes unterhalten.

Einmal aber, als Peter angerufen und der Freund sich gemeldet hatte, hat der Freund ihn gebeten, wenn er nicht zu Hause sei, nicht mit seiner Frau zu sprechen. Peter hat es nicht verstehen können und trotzdem weiter angerufen. Bis der Freund sich eines Tages wieder meldete. Der Freund hat diesmal Peter ausdrücklich verboten, bei ihm zu Hause anzurufen.

So ist also die Freundschaft, die in der Kindheit begonnen hatte, zu Ende gegangen.

Die Geschichte mit Igor und seinen zwei Frauen

Peter hat bei der Ackermanngemeinde einen Freund namens Igor kennengelernt. Igor wohnt in Frankfurt am Main und Peter in München. Igor hat öfter mal Peter in München besucht und manchmal auch Peter den Igor in Frankfurt am Main. Peter hat einmal überraschend einen Besuch von Igor und seinen zwei Freundinnen bekommen. Von einer namens Christa hat er auch die Privatadresse bekommen. Ein anderes Mal, als Peter Igor wieder in Frankfurt am Main besuchte, waren auch die zwei Frauen da. Christa mit ihrer Freundin. Einmal haben sie sich alle für einen Besuch in der Sauna verabredet. Christa hatte etwas vergessen und musste nach Hause gehen, um es zu holen. Peter und Igor haben auf Christa in einer Videothek gewartet. Nach einer Weile ist Christa wieder zurückgekommen. So sind dann alle gemeinsam in die Sauna gefahren. In der Sauna ist der Tag dann ziemlich schnell vergangen. Dann ist auch die Zeit gekommen und Peter musste zurück nach München fahren.

Als Peter wieder zu Hause war, hat er Christa einen Brief geschrieben. Christa war ganz außer sich, als sie den Brief von ihm erhalten hat.

Als Igor wieder in München zu Besuch war, hat er Peter

gefragt, wie er an die Adresse von Christa gekommen sei. Igor hat gesagt: »Wir haben extra ein paar Straßen weiter gewartet, damit du die Adresse nicht herausbekommst. Du hast es aber trotzdem geschafft.« Daraufhin hat Peter gesagt: »Die Christa hatte mir die Adresse bereits früher gegeben.« Da war Igor aber platt. Mit Peters Antwort hatte er überhaupt nicht gerechnet. Dann hat er seine Niederlage bestätigt und gemeint: »Zwischen mir und der Christa, das sind zwei unterschiedliche Fronten.« Igor hat aber dann trotzdem seine Wut gezeigt und gemeint: »Wir müssen nicht immer Freunde bleiben und dann kannst du nicht mehr nach Frankfurt fahren.«

Ein anderes Mal ist Peter überraschend in Frankfurt eingetroffen, nicht alleine, sondern mit einer Organisation. Er wollte sich mit Igor treffen. Igor war nicht begeistert, da Peter sich eine nicht sehr günstige Zeit ausgesucht hatte. Er meinte, dass Peter ihn auf den Arm nehmen wolle und er nicht in Frankfurt sei. Peter war auf Igor sauer, also hat er überraschend ein Zimmer in dem Hotel gebucht, wo auch die anderen von der Organisation geschlafen haben.

Nun, was ist dann passiert? Auf einmal hört Peter, als er schon im Bett ist, dass unten im Hof ein Auto kommt. Jemand steigt aus und geht ins Hotel. Die Dame hat das Treppenhaus erreicht und ist die Treppe hinauf- und wieder hinuntergegangen. Man hat gehört, dass sie Stöckelschuhe anhatte. Das hat ganz schön Krach gemacht, als die Dame die Treppe hinauf- und hinunterging, und das einige Male. Als sich nichts gerührt hat, ist sie dann wütend wieder zurück nach Hause gefahren.

Wieder zu Hause in München hat Peter Igor angerufen. Wegen des Vorfalls von Frankfurt am Main hat er natürlich mit Igor einen riesigen Krach gehabt. Seit dem Vorfall hat sich auch die Freundschaft mit Igor gelegt, und mit Christa auch.

9. Kapitel

Ein Treffen beim Anwalt von Sandra mit dem Anwalt von Peter

Peter hatte sich an einem schönen Sommertag mit einem Freund zu einem traditionellen Sommerfest in Unterföhring verabredet. Vorher ist er zum Friedhof gegangen, um die Blumen auf dem Grab seiner Mutter zu gießen. Auf einmal hörte Peter, dass in seiner Hosentasche etwas klingelte. Das war natürlich sein Handy. Er ging ran. Seine Schwester meldete sich. Sandra, seine Schwester, fragte ihn, ob er zu Iris käme. Iris ist die Freundin von Sandra und Anwältin von Beruf. Peter sagte, dass er nur kommen würde, wenn er seinen Anwalt mitbringen könne. Sandra war überrascht, weil sie damit wohl nicht gerechnet hatte. Dann wollte sie sich überzeugen, ob es auch stimmte. Als sie herausbekommen hatte, dass alles stimmte, hat ihre Freundin Iris Peters Anwalt angeschrieben und einen Termin vereinbart.

Dann, eine Stunde später, hat sich Peter endlich mit seinem Freund getroffen und beide sind nach Unterföhring zum Sommerfest gegangen. Als Reaktion auf den Anruf seiner Schwester Sandra hat Peter angefangen zu trinken. Als sein Freund etwas gegessen hatte, unterhielt er sich noch ein bisschen mit Peter. Der Freund ist nach Hause gegangen, aber Peter ist dageblieben und hat weitergetrunken. Irgendwann einmal hat er sich auf den Weg nach Hause gemacht. Er war so besoffen, dass er nicht mehr alles ganz genau registriert hat. Unterwegs hat er auch in die Hose gemacht. Die war ganz braun von der Scheiße. Zuerst wollte er per Anhalter nach Hause fahren. Doch keiner, der ihn gesehen hat, wollte ihn mitnehmen. Ist ja klar, wenn die Hose ganz braun von der Scheiße ist. So beschloss er, mit einem S-Bahn-Zug nach Hause zu fahren. In dem Zug hatte er viel Platz, weil ihm jeder, der ihn gesehen hat, aus dem Weg ging. Als er dann in der Früh zu Hause aufgestanden ist, hat er gesehen, was er da angestellt hat.

Nun war der Tag gekommen, an dem Peter mit seinem Anwalt bei Iris, der Anwältin und guten Freundin von Sandra, antreten musste. Es wurde bei Iris alles besprochen. Sogar das Problem, was zu tun wäre, wenn das Geld für Vaters Pflege nicht mehr reichen sollte. Sandra wollte weiter erreichen, dass Peter jedes Wochenende bei Vater blieb und er sich um ihn kümmerte. Peter war natürlich dagegen. Der Anwalt war Gott sei Dank auf seiner Seite. In dem Punkt hat Sandra überhaupt nichts erreichen können. Peter ist es gelungen, durch seinen Anwalt zu erreichen, dass die Wohnung nicht gleich verkauft würde, wenn das Geld knapp werden sollte, sondern zuerst nur vermietet. Die Pflegekosten sollten dann von der Miete bezahlt werden, soweit möglich.

Am gleichen Tag abends hat die CSU ein Sommerfest veranstaltet. Peter und sein Anwalt hatten auch Einladungen erhalten. Als das Treffen bei Iris vorbei war, verabschiedeten sie sich mit den Worten: »Heute Abend werden wir uns beim Sommerfest sehen.« So war es dann auch. Als ziemlich spät am Abend Peters Anwalt beim Sommerfest auftauchte, ist Peter bei ihm gewesen. Nachdem der Anwalt weggegangen war, blieb Peter da und hat angefangen, richtig zu bechern, bis er nicht mehr wusste, was mit ihm los war. Was er so hinterher gehört hat, muss er so blau gewesen sein, dass es nicht mehr schön war. Angeblich ist er dort gegen die aufgebaute Anlage geprallt. Bei der Aktion hat er höchstwahrscheinlich seine Brille verloren. Peter hat auch nicht gewusst, wie er überhaupt nach Hause gekommen ist. Angeblich ist er mit dem Taxi nach Hause gebracht worden. Erst zu Hause, als er in der Früh aufgestanden ist, stellte er fest, dass er seine Brille nicht mehr hatte. Am kommenden Tag ist er wieder dort hingefahren, wo die Veranstaltung war, und hat nachgeschaut, ob er vielleicht seine Brille wiederfindet. Es hatten zwar einige andere ihre Brillen verloren, jedoch konnte er seine nicht finden. So ist er einige Male zum Fundbüro gegangen. Dort hat er alle Brillen durchgeschaut, nur seine hat er nicht finden können, weil sie halt nicht da war. Später ist er der Meinung gewesen, dass es keinen Sinn hat zu warten, ob er die Brille wiederbekommt oder nicht, sondern dass es gescheiter wäre, zu einem Optiker zu gehen und eine neue Brille zu bestellen. Das hat er dann auch getan und ist zu einem Optiker gegangen. Es dauerte eine Weile, bis er seine neue Brille erhielt. Anschließend hat es Peter nicht mehr interessiert, ob er seine alte Brille wiederbekommt oder nicht.

Seitdem ist einige Zeit vergangen. Eines Tages hat Peter seinen Briefkasten geöffnet, in dem ein Brief seines Anwalts lag. Mit dem Brief hat Peter eine Rechnung erhalten. Es war eine Rechnung für den Besuch bei Iris, der Freundin und Anwältin von Sandra. Peter war ganz überrascht, als er festgestellte, dass er für den Besuch bei Iris 500 Euro zahlen musste. Für Peter viel Geld, aber Peter hat seinen Stolz gehabt und die 500 Euro bezahlt. Peter weiß nicht, ob Sandra etwas bezahlen musste, aber wahrscheinlich nicht. Natürlich hat nur Peter wie immer zahlen müssen. Jetzt lautet meine Frage an die Leser:»Hat da die Sandra richtig gehandelt?«

Peters Freunde erzählen, dass Sandra Peter an die Wand drücken wolle. Nun hat sie sich etwas verrechnet, weil sie überraschend feststellen musste, dass man den verdammten Peter nicht so leichtfertig machen kann, wie sie es sich vielleicht gedacht hat.

Andere Geschichten

1. Kapitel

Nur ein Aprilscherz?

Es hat in einer Wohnung eine Familie gegeben, bei der ein Untermieter gewohnt hat. Er war jemand, der ein zu großes Herz für die Frauen hatte. Ohne es zu merken, hat er sich immer finanziell ausnutzen lassen. Man hat ihn davon überzeugt, dass er etwas Gutes getan hat, obwohl das nicht immer so war. Ab und zu hat er sich lächerlich gemacht. So ist es dazu gekommen, dass er an einem 1. April ganz schön reingelegt worden ist.

Zu der Familie gehörte noch eine Frau, die für die Kinder gekocht hat, weil die Mutter arbeiten musste und der Vater nicht zu Hause gewohnt hat.

An manchen Tagen hat sie einen Kuchen gebacken. Der Untermieter hat auch immer eine kleine Kostprobe bekommen. Einmal meinte sie, da morgen der 1. April sei, solle er den Kuchen nicht so wie gewöhnlich erhalten, sondern sie wolle sich etwas einfallen lassen. Da die Frau gewusst hat, dass der Untermieter in der DDR (es waren die Sechzigerjahre) viele Frauenbekanntschaften hatte, hat sie sich Folgendes ausgedacht: Sie nahm einen Teller, auf den sie ihm ein paar Stücke Kuchen legte. Dazu hat sie einen Brief geschrieben.

Hallo, Franz, ich bin hier auf der Durchreise und wollte Dich besuchen. Kuchen habe ich Dir mitgebracht. Da Du nicht zu Hause warst, habe ich ihn bei Deiner Hausfrau abgegeben.

Heute Abend werde ich zurückfahren, und wenn Du mich sehen willst, dann könnten wir uns noch kurz am Bahnhof treffen.

Wie Franz darauf reagiert hat?

Als er den Brief zu Hause gelesen hatte, hat er sich gleich auf den Weg zum Bahnhof gemacht. Überall auf dem Bahnhof und auf dem Bahnsteig hat er sie gesucht. Als der Zug kam, stieg er sogar ein, um sie in den einzelnen Waggons zu suchen. Auch als der Zug sich schon in Bewegung gesetzt hatte, suchte er noch. Er musste sich sogar während der Fahrt eine Fahrkarte lösen. Er hat den ganzen Zug durchsucht, hat aber die Frau natürlich nicht gefunden. Bei der ersten Station ist er dann ausgestiegen und musste noch Stunden auf den nächsten Zug zurück nach Hause warten.

Als er dann zu Hause angekommen war, hat er ganz schön geschimpft. Wieder hat er sein Geld für nichts ausgegeben.

Als andere die Geschichten hörten, haben alle gelacht. So etwas kann nur jemandem wie Franz passieren.

2. Kapitel

Eine Romanze mit einer verheirateten Frau

Peter hat bei seiner Arbeit wieder eine Freundin gefunden. Leider gab es da ein Problem, sie war verheiratet. Trotzdem ist er jede freie Minute mit ihr zusammen gewesen – in der Arbeit wie auch danach. Sie sind in der Pause beieinandergesessen und sie hat ihn an der Hüfte gefasst, so wie ihren Mann immer. Dazu bemerkte sie, dass sie Peter nicht so an der Hüfte packen könne wie ihren Mann, da bei Peter nur Knochen und kein Speck zu fassen wäre, wie das bei ihrem Mann der Fall sei.

Als Peter einmal mit einem Kollegen eine Auseinandersetzung hatte, ist sie dazwischengegangen und hat beide Streithanseln auseinandergebracht. Sie hat für Peter Partei ergriffen. Das hat ihn gefreut.

Ein paarmal haben sie sich auch privat verabredet und sich bei Peter zu Hause getroffen. Peter ist froh gewesen, dass er sie zärtlich streicheln durfte. Später hat er die Freundin mit dem Zug nach Hause gebracht. Im Zug haben sie gleich einen Sitzplatz nebeneinander gefunden. Die Fahrgäste haben gesehen, dass sie ein Paar waren, sie haben auch gar nicht auf die Ringe geachtet.

Ein anderes Mal hat die Freundin Peter zu sich eingeladen. Die Eltern ihres Mannes hatten gleich in der Nachbarschaft ihre Wohnung. Sie musste zuerst ihren Pflichten in der Wohnung nachkommen. In der Zwischenzeit ist Peter in der fremden Wohnung alleine geblieben. Nach einiger Zeit ist sie dann wiedergekommen. Sie haben sich nebeneinandergelegt. Die Frau hat Peter eine Orange zu essen gegeben. Der Orangensaft machte Peters Finger nass und klebrig. »Oh«, sagte die Frau und griff nach Peters Hand. Er wusste nicht, was sie dazu trieb, doch ohne wirklich darüber nachzudenken, hat die Frau Peters Finger zu ihrem Mund geführt, die sie dann zwischen ihren Lippen gefangen hielt. Langsam nahm sich ihre Zunge der Orangensaftreste an. Ihre Lippen saugten. »Komm!«, sagte sie. Eigentlich zählt sie nicht zu den Draufgängerinnen, dachte Peter. Ohne von Peters Hand zu lassen, stand sie auf und zog Peter hinter sich her. Sie verstand es trotz Peters halbherzigen Protestes, ihm Hose und Slip auszuziehen. Peter staunte, als die Frau sich ebenfalls frei machte ... Peters Pint wippte vor dem Gesicht der Frau, er stand noch nicht in voller Pracht. Die Frau spürte die Wärme, die von Peter ausging, und wiegte ihn zärtlich in ihrer Hand, um ihn gleich darauf zu ihren Lippen zu führen. Die Frau atmete drei oder vier Wolken kondensierter Luft auf seine Spitze, die so heiß war, dass sie selbst in dem kalten Zimmer dampfte. Die Frau ließ sie in ihren warmen Mund eintauchen, bevor es zu spät war. Die Hände der Frau packten Peters Hüften, denn jetzt war sie ganz darauf aus, Peters äußerst harten und langen Pint mit ihren Lippen zu nehmen. Er glitt rein und raus, rein und raus – rhythmisches Atmen und vollkommene Entspannung waren der Schlüssel. Peter brauchte nicht lange, bis die orale Massage der Frau ihm ein lautes Stöhnen entlockte. Hatten Peters Hände eben noch zaghaft die Haare der Frau gestreichelt, so packten sie nun den Kopf der Frau und hielten ihn fest im Griff. Ein langer, langer Moment verging, in dem sich Peters Pint in ihren Rachen bohrte. Gerade als der Frau die Tränen in die Augen zu steigen drohten, ergoss er sich in den Mund der Frau. Wärme durchfuhr ihren Körper. Sie schluckte wieder bis zum letzten Zucken von Peters Pint.

Dann richtete die Frau sich langsam auf, glättete ihren Rock und grinste Peter an: »Perfektes Timing!«, sagte sie.

Und da hat es auch schon an der Türe geklingelt. Es waren die Eltern des Mannes. Peter hat sich schnell wieder angezogen. Die Frau ist gekommen und sagte, wir müssen jetzt schnell verschwinden. Sie ist vorausgegangen, um zu schauen, ob die Luft rein ist. Die Tür des Nachbarn war halb offen. Nachdem sie sich vergewissert hatte, dass alles in Ordnung war, sagte sie: »Peter, komm!« Auf Zehenspitzen sind beide aus der Wohnung und die Treppe hinuntergegangen. Alles verlief problemlos, die Nachbarn haben nichts bemerkt. Auf der Straße sind sie sich in die Arme gefallen und haben sich dann voneinander verabschiedet.

3. Kapitel

Ein Überfall im Bett

Eines Tages hat sich Peter entschlossen, mit seinen Freunden übers Wochenende ins Gebirge zu fahren. Er ist spät abends in einem Ort angekommen, in dem er bekannt war. Zuerst hat er alle seine Freunde begrüßt. Dann ist er zu Bett gegangen.

Als Peter schon im Bett lag, haben seine Freunde die Terrassentür aufgemacht und sind auch ins Bett gegangen. Peter ist ganz tief eingeschlafen und träumte davon, wie seine Freundin zu ihm ins Bett gekommen ist. Er küsste das Mädchen. Als er seine Augen öffnete, stellte er mit großem Schrecken fest, dass das kein Traum, sondern Wirklichkeit war. Aber anstatt seiner Freundin war es ein fremder Mann, der auf ihm lag und schlief. Der Mann ist offensichtlich durch die offene Terrassentür ins Zimmer gekommen. Als Peter sich von der Überraschung erholt hatte, kam ihm eine Idee. Er suchte einen Strick und zog sich schnell an. Da wurde auch sein Freund Hans wach. Der hat natürlich komisch geschaut, weil er nicht wusste, was das Ganze bedeuten sollte.

Peter hat zu Hans gesagt: »Dieter lassen wir schlafen, und wenn du willst, kannst du dich auch anziehen. Wenn du fertig bist, können wir zusammen die Polizei anrufen.« Der Hans hat sich blitzschnell angezogen. Dann ist er zusammen mit Peter zu einer Telefonzelle gegangen. Peter hat in der Telefonzelle die Polizei angerufen. Bei der Polizei meldete sich eine tiefe Stimme.

Die Stimme sagte: »Hier ist die Polizeistation. Wo ist was passiert?«

»Guten Abend. Hier spricht Peter. Ich habe im Hotel

›Bestäck‹ einen Mann gefesselt, der durch die offene Terrassentür zu mir ins Bett kam«.

»Soll das ein Witz sein?«, hat der Polizist gefragt.

»Das stimmt schon, Herr Polizist«, erklärte Peter.

»Wenn das auch stimmen sollte, warum habt ihr nachts die Terrassentür geöffnet? Das ist doch direkt eine Einladung für einen Einbrecher«, meinte der Polizist.

»In diesem kleinen Ort kennt jeder jeden und bei uns stehlen nur Fremde. Meiner Meinung nach hat der Kerl nur das Zimmer verwechselt, weil er besoffen war. Wenn die Terrassentür nicht offen gewesen wäre, dann hätte überhaupt nichts passieren können. Aber ich komme trotzdem ins Hotel, um festzustellen, ob der Mann besoffen ist. Wenn er betrunken ist, dann kann ich überhaupt nichts unternehmen«, sagte der Polizist.

2. Teil

Gedichte von Karol Pokorny

Die Begegnung mit der Hexe

Es läutet an der Tür.
Wer steht da draußen?
Ich gehe raus.
Eine Hexe steht da draußen.
Die Hexe gibt mir die Hand,
ich schau aus Angst an die Wand.
Die gibt mir einen Beutel,
aber drin ist ein Teufel.
Es war wie ein Traum.
Ich blieb stehen wie ein Baum.
Sie schaut zu mir herein,
da lade ich sie ein.
Mit der Hexe bin ich allein
und trinke einen Wein.
Plötzlich war sie weg.
Ich bekam einen Schreck
und war allein
mit dem Wein.
Bleib bitte bei mir!
Ohne dich kann ich nicht
heute die Nacht überstehen.
Lies mir mal was vor.
Im Abendlicht.
Ein Gedicht!
Du kannst es auch vortragen,
mir würde es behagen.
Die Nacht macht
mich heute glücklich,
wenn du bei mir bleibst.
Bleib bitte bei mir!

Mit den Augen eines Kindes Frühling erleben

Das Kind fragt sich:
Was ist geschehen?
Will es sehen.
Das Kind schaut heraus,
dann geht es aus dem Haus.
Das Kind fragt sich:
Ist es ein Traum?
Steht vor einem Baum.
Er ist erwacht
in der schönsten Pracht.
Das Kind hatte einige Fragen,
konnte einen Moment nichts sagen.
Auf einmal wurde dem Kind klar,
warum ist alles so wunderbar. –
»Es ist Frühling da!«

Claudia

Beenden willst du nun deine Karrierelaufbahn,
denn eine neue Arbeit hat es dir angetan.
Du warst als Sängerin ein großer Star!
Jetzt ist Schluss! – Ist es überhaupt wahr?
Die alte Zeit, sie ist vorbei
und du fühlst dich so frei.
Neue Ziele füllen die Freizeit aus.
Darum verlässt du die Bühne
und wechselst in ein neues Haus.

Reden ist Silber. Schweigen ist Gold.

Was man nicht weiß,
macht auch nicht heiß.
Wenn man etwas weiß,
das macht richtig heiß.
Wenn du etwas sagst,
kannst oft nichts machen,
die anderen haben Grund zum Lachen.
Du kannst anderen nichts beibringen,
weil jetzt kannst du nichts mehr machen,
auch nicht die dazu zwingen,
nicht zu lachen.

Der Sonnenuntergang

Es ist schön,
spazieren zu gehen,
wenn die Sonne auf einmal rot wird
und verschwindet.
Am Ufer zu hören,
wie die Wellen miteinander spielen.
Mit der Freundin
sich auf eine Bank zu setzen,
zu träumen, vielleicht auch zu lieben.
Mit den Augen
auf die Sonne schauen.
Mit der Musik von der Liebe,
der Welt und der Zukunft
träumen.

Beim Sonnenuntergang.

Alle Schmerzen heilt die Liebe

Alle Schmerzen heilt die Liebe,
schlafe niemals alleine ein.
Wenn jemand zu dir hineinwill,
dann lasse ihn herein.
Alle Schmerzen heilt die Liebe.
Wie wär's mit uns zwei?
Jetzt bist du an der Reih,
hör auf mit der Streiterei!
Alle Schmerzen heilt die Liebe,
das solltest du wissen
und nicht vergessen.
Alle Schmerzen heilt die Liebe,
schlafe niemals alleine ein.
Wenn jemand zu dir hineinwill,
dann lasse ihn herein.
Du schläfst wieder ein.

Es ist 24 Uhr

Es ist 24 Uhr.
Du schläfst tief
und hörst einen Pfiff.
Du stehst auf.
Du kannst nichts sagen,
deine Seele hat viele Fragen.
Du bleibst stehen wie ein Baum.
Du denkst, das ist ein Traum.
Du schaust aus dem Fenster hinaus,
du bekommst einen Schreck.
Du denkst, jetzt ist es aus.
Du gehst schnell vom Fenster weg.
Du gehst in dein Bett hinein.
Du schaltest dein Radio ein.
Du bist ganz allein
… und stehst nie wieder auf.

Verlorene Verliebte

Ich sehe so traurig aus.
Stimmt das?
Ja, das ist richtig.
Ich sehe aber auch aus,
als ob man mir was getan hätte.
Warum?
Ist etwas mit mir passiert?
Ja, das schon.
Kann ich es sagen?
Warum zwinge ich mich, es zu fragen?
Auf einmal sagt meine Seele was.
»Stell dir vor:
Deine Freundin ist weggegangen
und dich hat sie
im Stich gelassen.«

Die Kälte

In dem Wald
ist es jetzt kalt.
Ich gehe jetzt, mich auszutoben,
um die Kälte zu erproben.
Freunde sind dazugekommen
und wir waren zu dritt.
Fritz bekam einen Tritt
und machte endlich den Schritt.
Nach dem großen Schritt
hat er gesagt: eins, zwo,
und leerte eine Flasche Piccolo
und ist nun erleichtert und froh.

Ein Sommertag

Ich weiß,
es ist sehr heiß,
sitze in meinem Haus,
gehe nur raus
zum Erfrischen im kühlen Nass,
das macht Spaß.
Dann zurück ins Haus
zum wartenden Klaus.
Er hat angefangen, mir zu winken.
Und hat gemeint, wir sollten einen trinken.
In einem Glas aus Papier
trinken wir zwei Bier.
Wir suchen beim Trinken Trost,
sagen ziemlich oft Prost.
So ein Sommertag
bei dem einen oder anderen
wird auch vergehen.
Am Abend müssen wir auseinandergehen.

Der Schutzengel

Einer meint,
dass es Schutzengel gäbe,
der andere ist der Meinung,
dass es Schicksal sei.

Mal kann es nach einem Schutzengel
aussehen, mal wieder nicht!
Der Schutzengel kann nicht
überall dabei sein.

Das ist der Grund, warum
manche sagen,
es könne einen Schutzengel geben,
und andere der Meinung sind,
dass es Schicksal sei.

Einer hat mit dem Schutzengel
gute Erfahrungen gemacht,
der andere wieder schlechte,
darum kann er es nicht glauben!

Was meint ihr?
Kann es einen Schutzengel geben
oder seid ihr anderer Meinung?

Der Glauben

Ohne deinen Glauben
wird man dir die Freiheit rauben.
Nur mit deinem Glauben
kannst du leichter für dich raufen.

Nur dein Glauben
kann dich stark
wie einen Felsen machen.
Und du wirst aufwachen!

Du musst viel ertragen.
Der Glauben wird dir
Hoffnung machen.
Dann wirst du aufwachen.

Die Kraft der Liebe

Nach der Enttäuschung
kommt wieder alles in Ordnung,
deshalb sei nicht traurig
und verhalte dich ruhig!
Es ist schwer, es zu schaffen,
weil du denkst, du hast keine Waffen.
Doch mit der Liebe wirst du Bösem weichen
und dein Ziel erreichen.
Die Zeit danach macht dich wirklich glücklich.
Du denkst wieder, die Liebe sei wunderbar,
das ist natürlich klar.

Der Wolf und das Lamm an einem Tisch

Der Wolf und das Lamm
sitzen am Tisch.
Auf dem Tisch sind viele gute Sachen.
Das Lamm fragt den Wolf höflich:
»Herr Wolf, was wollen Sie essen?«
Der Wolf antwortet:
»Vorläufig gar nichts!«
»Wieso?«,
fragt das Lamm.
Darauf sagt der Wolf:
»Zuerst warte ich, bis du gegessen hast,
und dann fresse ich dich!«

Und wie geht jetzt die
Geschichte weiter?